开普勒62号

新世界岛屿

[挪威] 比约恩·肖特兰德 著
[芬兰] 帕西·皮特卡能 绘
王皓雪 译

GUANGXI NORMAL UNIVERSITY PRESS
广西师范大学出版社
·桂林·

XINSHIJIE DAOYU
新世界岛屿

出版统筹：李闰华　　责任编辑：戚　浩
品牌总监：张少敏　　助理编辑：纪平平
选题策划：李茂军　戚　浩　　美术编辑：刘淑媛
版权联络：郭晓晨　张立飞　　营销编辑：赵　迪
责任技编：郭　鹏

图书在版编目（CIP）数据

新世界岛屿 /（挪）比约恩・肖特兰德著；（芬）帕西・皮特卡能绘；王皓雪译. 一桂林：广西师范大学出版社，2023.5（2025.6 重印）
（开普勒 62 号）
ISBN 978-7-5598-5891-7

Ⅰ. ①新… Ⅱ. ①比… ②帕… ③王… Ⅲ. ①儿童小说一幻想小说一挪威一现代 Ⅳ. ①I533.84

中国国家版本馆 CIP 数据核字（2023）第 044861 号

广西师范大学出版社出版发行
（广西桂林市五里店路 9 号　邮政编码：541004
网址：http://www.bbtpress.com）
出版人：黄轩庄
全国新华书店经销
北京博海升彩色印刷有限公司印刷
（北京市通州区中关村科技园区通州园金桥科技产业基地环宇路 6 号
邮政编码：100076）
开本：880 mm × 1 240 mm　1/32
印张：6　　字数：100 千
2023 年 5 月第 1 版　　2025 年 6 月第 2 次印刷
定价：42.00 元

开普勒62号

新世界岛屿

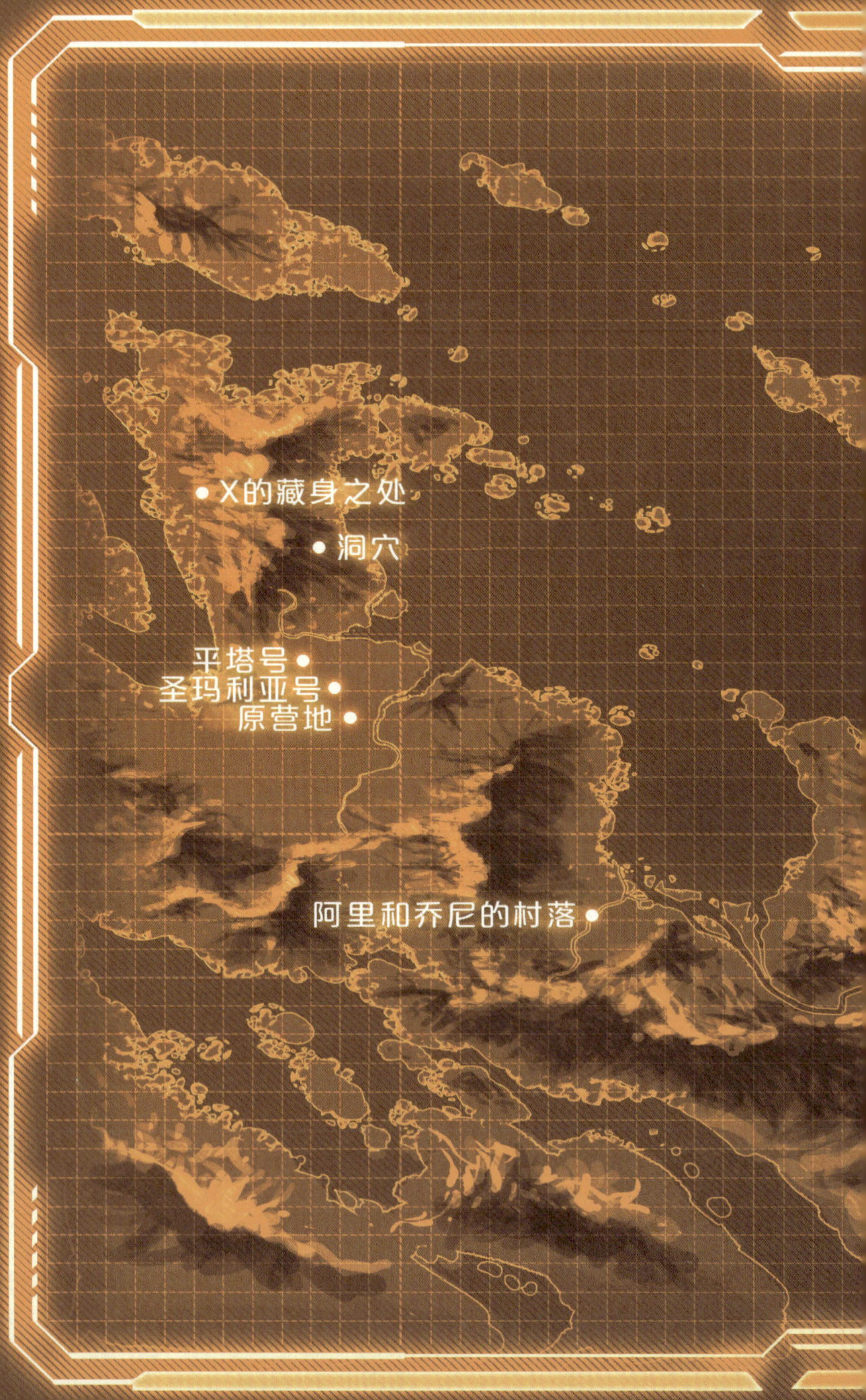
X的藏身之处
洞穴
平塔号
圣玛利亚号
原营地
阿里和乔尼的村落

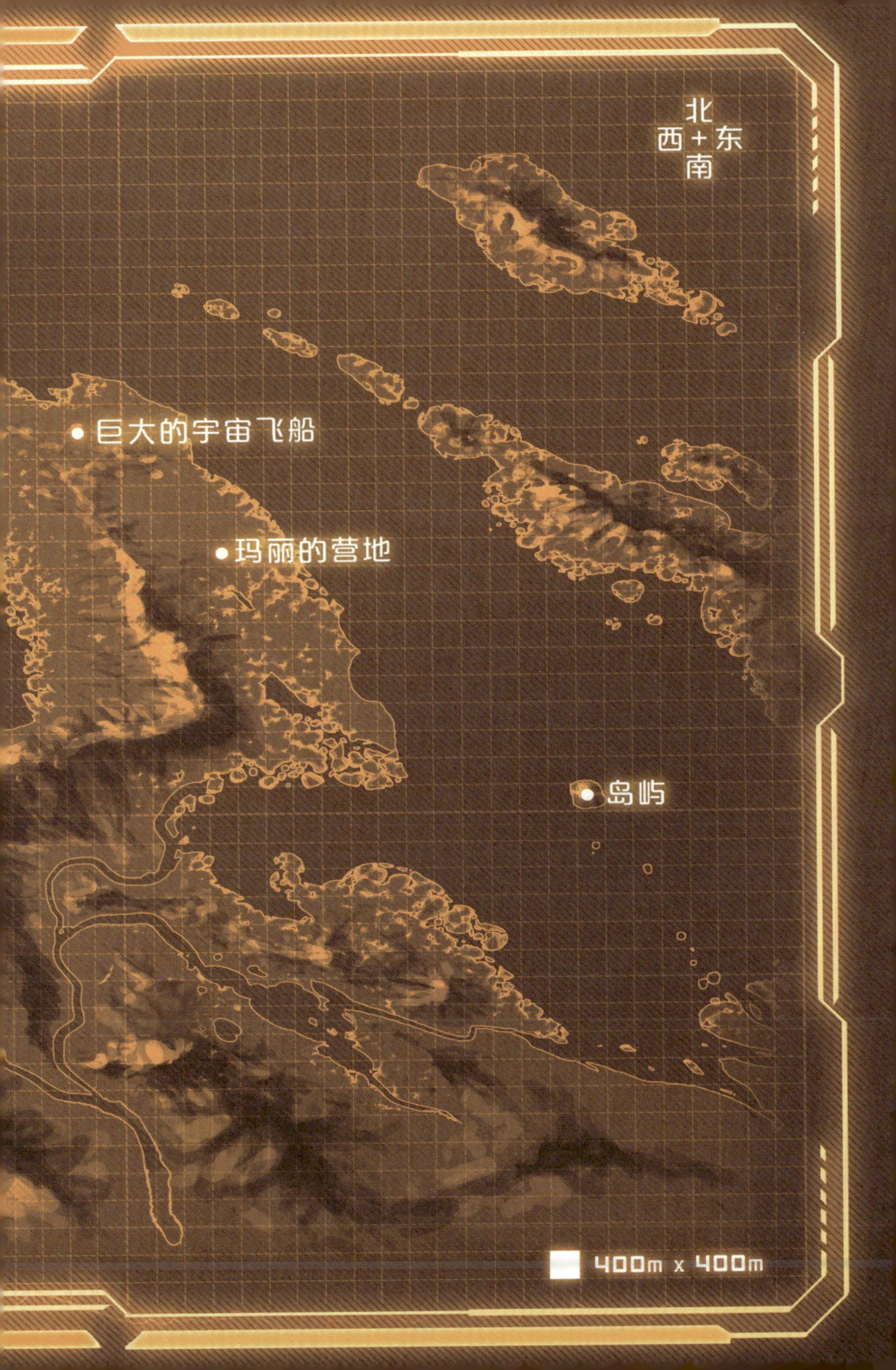
北
西
东
南
巨大的宇宙飞船
玛丽的营地
岛屿
400m x 400m

目录

第一章

只要有机会，我就想办法从我们的小部落里逃出来，往沙滩的方向走，在那儿没人会来打扰我。

其实我也不是真的要逃，只是想静静享受一下离开他人的独处时光罢了。我和我同父异母的姐姐奥利维亚被选举出来做我们这个部落的首领——我们决定把这个小村子叫作“部落”——但是奥利维亚实在太强势、爱欺负人，所以我决定把领导的位置完全让给她。我想从这个部落搬出去。部落里发生的一切都混乱不堪。曾有段时间，部落决定给一些人发放武器，我负责教他们怎么射击。但说到底，我们都还是孩子，谁也不知道究竟该怎么捕猎。奥利维亚指定我作为捕猎小组的教练，可我的学生完全不把训练当回事，他们只想射击 Go-go-go 饮料瓶、树和石头，图个乐子罢了。他们不仅如此荒唐地浪费了子弹，而且没过多久竟然想去捕捉嘶嘶兽！他们完全不知道嘶嘶兽有多危险，搞不好可是会出人命的。有一天晚上，奥利维亚没收了所有的武器，把它们锁了起来，甚至没征求我的意见。莽撞地去抓嘶嘶兽确实有生命危险，但我们现在连自卫的武器都没有了。

我对另一个部落的了解不多。我把那里的人叫作“和平派”，因为他们不想要任何形式的武器。除了前一段时间那里的斯温特莱纳过来告诉我们一些他们的情况之外，我们再没有别的联系。从斯温特莱纳的讲述来看，他们过得并不好。他们把主要精力用在了种植各种植物上，但耕种在这儿可不是件容易的事，强盗兔总是会吃掉他们种的所有东西。

我们过得也没有多好，甚至没心情给自己的地盘起个名字，我们只是叫它“部落”而已。想做什么事都做不成，因为村委会没组织起来，所有人都饿瘪了肚子，怒气冲冲，愤愤不平。我知道，如果所有人都撒谎、偷盗、互相欺骗，一切都会分崩离析，不可能再有别的下场。

我很喜欢自己找到的这片沙滩。以前这里总是只有我一个人，但最近来的人越来越多了。我坐下来，在白色的沙滩上写下了七个字母。

妈妈曾经和我说过，在有人赋予它意义之前，“爱（Rakkaus）”只是个词罢了。

不知她是从哪儿读到的。从前的我觉得这不过是浪漫的胡说八道罢了。现在我才意识到，那时的自己想得太过简单。

我顺着大海向天边望去，远处隐隐约约有一座小岛，但它和地球上的其他任何一座岛都不一样。即便在晴天，它周围也总是笼罩着一层灰黄色的雾气，透过雾气能看到岛上耸立着一些巨大而尖锐的石头，像个城堡。我真想去那座岛上，说不定在那儿我能一个人安安静静地待着。或许也不然。有传闻说有些孩子离开部落去了那座岛，但不知道都有谁。有人说，听说瓦利为给自己克隆了一支孩子军队，然后带着他们逃到森林里去了。或许，他们是逃到了岛上？可他们是怎么去那座岛上的呢？要想游过去实在是太远了。

我也尝试过去喜欢人、信任人、交朋友，但结局总是很惨淡。

人们撒谎，偷盗，背叛，杀戮。

阿里和乔尼是我最好的朋友，至少曾经有一段时间是。分成两个部落之后，阿里都没来看我。虽然我们之前一起经历了那么多事：我们互相支持着在内华达州的荒漠中参加了宇航员培训，并且存活了下来；一起穿过了黑洞，击落了陨石雨，着陆在一个都不知道能不能呼吸的星球上；还一起战胜了许多可怕的外星生物。

我对阿里的感情非同一般。我想，他也并不仅仅把我当成普通朋友。但这一切都只是个错误，都是痴人说梦罢了，就像当年我们觉得来到新星球就是给人类找到了美好家园一样。

可我们到底还是到了这个新星球上。开普勒 62e 星球上的所有孩子分成了两个部落，但分在了同一个部落里的孩子们也不一定相互认识，就好像地球上的人被分成许多国家，但同一个国家的人相互之间也没什么关系。

搞不好过不了多久，两个部落之间也要开战了。

虽然地球几乎要被毁灭了，而且我在地球上又十分孤独，但我曾经在小国挪威的生活还是比现在要好得多。那时候我一个人住在豪宅里面，但我觉得那大房子就像监狱。它也真的如同监狱一样，把外界的一切都阻挡在了门外。

我父亲瓦利为是世界上最大的武器制造商，我们家简直富得可笑。我也懒得提父亲的名字，而是像其他人一样叫他的姓氏瓦利为。

虽然与世隔绝，但我的家里应有尽有：网球场、冲浪游泳池、大电影厅、健身房、桑拿房、按摩浴缸——“要什么有什么”，就像当年父亲说的那样。家里储存的食物足够吃好几年的了——我不知道大冷藏室里都存了什么，但肯定不是冻鱼条、冻馒头之类的普普通通的食物。父亲当年建造这座“堡垒”就是为了预防世界末日的到来——这可是他最害怕的事。

在地球上时，我一个人过了很久。虽然如此，我还是明白了一件事：人没什么出息。他们撒谎，他们偷盗，他们有数不清的秘密。好多人连自己是谁、自己想要什么都不知道。

我想：我不能依靠任何人，甚至连我仅有的、最好的朋友阿里和乔尼也不能依靠。

“你在这儿干吗呢？”从我身后传来一个声音，“不开心？”

我吓得跳起来半米高。

第二章

“我看你心神不宁的，是不是有什么事藏着不想告诉我？”奥利维亚问道。

我姐姐奥利维亚也有她自己的秘密，那些她从不告诉别人的事。比如在最后一艘送孩子们到这里的飞船上贴封条这件事，就是她干的——她贴封条的速度真是快得让人生疑。

“你跟踪我？”

“没有。”她说着，摸了摸脖子上挂着的木哨子。

自从我们分成两个部落以来，气氛就非常紧张。我和奥利维亚曾经庄严发誓，绝不向对方隐瞒任何秘密，但我知道，她肯定有很多事没告诉我。

“你想不想到那儿去？”奥利维亚向岛屿的方向指了指。

“不想。”我撒了个谎。

奥利维亚坐了下来。我飞快地把在沙滩上写的字抹掉了。

“那艘飞船，”我说，“最后那一艘从地球过来的飞船，本来是准备给地球上的精英阶层的。那些最有钱的、最自恋的、最自私的人，他们想到这个世外桃源一般的星球上来，为自己谋个位置，在这儿建设自己的天堂。”

“是，”奥利维亚说，“但是别忘了，是我们成功骗过了他们，把这批孩子送了过来。自私自利又自恋的有钱人完全不可能把这里建设成天堂。是我们在最后一刻阻止了他们的计划。现在这里几乎全部是年轻人。我们可以在这里建设我们的新世界。”

我叹了口气。

“听起来当然很完美，但我可没有那么乐观。孩子们也和大人一样自私，一个个都是自恋的小皇帝。”

“太阳就要下山了，咱们一起回营地吧。你帮帮我，”奥利维亚说，“和我一起建立起一点儿秩序来。当初我们两个人都被指定为部落首领。我需要你。如果你不帮帮我，这里的局面只会越来越混乱。”

我看着她。要是能信任她就好了。要不是因为前些日子嘶嘶兽和树熊大闹一出，毁了一切，她才不会来寻求我的帮助。

“我可以试试。”不知她能不能听出我在撒谎，“但首先，我想哪天去飞船上调查一番。那个门怎么打开？”

“嗯——”奥利维亚说。也不知这个“嗯”到底是什么意思。“你就不能搬回营地来住吗，玛丽？谁也不是孤岛，谁都不能一直一个人。”

“我一个人挺好的。”我说。

第三章

我住在自己搭建的小棚子里，晚上也睡在那儿。门帘是用两套旧宇航服的内衬做的。要是阿里来建这个小棚子，他肯定能弄得好很多。现在我不能想他。

我住的地方离其他人大概有两百米远。我喜欢一个人住，就和以前在地球上的时候一样。任何人——任何人都不能在我睡觉的时候偷袭我。为了保证安全，我睡觉的时候总是像有些猫一样：睁着一只眼睛。

事实证明，这是个明智的决定。

因为我忽然听到外面传来轻微的响声。是奥利维亚？不会，如果是她，她会提前告诉我。

没几秒钟，我就看到一个黑影从宇航服做的门帘后面一闪而过。

疑神疑鬼的我曾经做了一个假人，就像汽车撞击测试里面使用的那种假人。我把假人放在了被子下面。

然后，我小心翼翼地爬到了外面用金属板临时拼凑成的墙壁后面。金属板是从老宇宙飞船圣玛利亚号上拆下来的。

墙上恰好有个小洞，让我能看到里面的情况。

我看到一个人影走进来，弯下腰看着被子和被子下面的假人。我不知道他是不是来杀我的。

“我有枪，已经瞄准你了。”我说。

“射不中的可能性……几乎为零。”

“抱歉，我不是来……”

丽萨的声音颤抖得厉害，听起来像是假的一样，让我想到了廉价恐怖电影里面演员的声音。

我点起一盏明灯。灯是从我的应急包里拿来的。

“哇，想吓到你可真不容易。”丽萨说。

“当然。”我说着，冷静地从墙后面走出来。丽萨看到真的是我，面露笑容。

我关上枪的保险，但还保持站立姿势。

“我知道你不喜欢说话的时候弯弯绕绕的，”丽萨说，“所以我就直接问了，你能不能来做我们的首领？现在我们那里的一切简直荒唐可笑。我们本来有几个武器，但我们犯了一点儿小错，武器就被斯温特莱纳和乔尼拿走锁起来了。乔尼也不见踪影，每天和一个什么狮子女孩在一起，所以他也帮不上忙。斯温特莱纳每天只研究种地和一些用不着的东西。要是我们有枪，就可以捕猎动物，不仅可以捉到强盗兔，还可以捕捉大一点儿的动物，获得富含铁元素的肉。但乔尼和斯温特莱纳都是和平主义者，我们之间的矛盾难以解决，一切都非常混乱。孩子们不吃肉怎么行呢？”

丽萨看起来累极了。

“你是认真的？部落的人不可能听我的，”我回答道，“即便尝试也没有用。部落里的事本该由首领们一起讨论决定，但开会的时候大家总是推脱，谁也不愿承担责任。把我

和阿里选成部落首领就是个错误，根本就是无稽之谈。你说，我们能有什么领导经验呢？大家都是孩子而已。”

“但不管怎么说，你还是比其他的人更合适做首领。”丽萨说，“阿里已经彻底没救了。他竟然给自己的妈妈动了手术——用了刀子，就因为他以为他妈妈瞒着他做了什么不可告人的事。现在阿里已经离开部落了，乔尼也走了。”

“我听说了。你去问问奥利维亚吧，她从在 51 区的时候就是我们的领导了。”

“奥利维亚最近变得心软了。我们也听说了嘶嘶兽和树熊的事，简直不敢相信那些事是真的！我们现在更信任你。”

“其实你是觉得我会用枪吧？”我问，“你是不是觉得我们部落的枪都归我管？”

丽萨没有回答。

一般来说，沉默就表示肯定。

“奥利维亚把所有的枪都锁在飞船里面了。”

“他们都最相信你，”丽萨说，“你应该站出来，做我们的首领。要是我们合作的话，根本不会有强盗兔的问题。”

“两个部落之间并没有合作意向，”我说，“对我来说合作不合作都无所谓。”

“人们根本不知道他们想要什么。”

“我爸当年也这么说过，”我说，“这就是他的借口。”

“他说得没错啊。”丽萨说。

“真不敢相信你居然说出这样的话。要是瓦利为把你的神经系统也改造了，把你完全控制起来就好了。”

“但是，如果我们没有一个强势的人做领导，大家就都要死了。”丽萨说，“我们得联合起来，组成一个国家。”

“国家？”我不敢置信，“你是认真的？就像之前在地球上的时候那样？比如成立纳粹的政权？从那之后没多久可就爆发世界大战了。”

“你管它叫什么都行。”丽萨说，“我们在开普勒 62e 星球上的生活可不止艰苦而已。我们需要一个强势的领导，而你，就是所有人里最强势的。”

丽萨的瞳孔黑洞洞的，张得很大，虽然灯光把屋子照得很亮。

“你为什么觉得我是最强势的？”

“有很多原因，但最主要的是，没有人能像你一样忍受孤独。强势的领导必须能够承受站在顶峰的孤独。”

这个答案很刺耳，但丽萨还是勇敢地直接说出了自己的想法。

“你只是想要枪罢了，所以我再说一次，我们已经没有枪了。”我说，“奥利维亚把枪都收走了，说不定已经毁掉了。”

丽萨盯着我，黑眼睛眯成了一条缝。

“你肯定能把枪修好，玛丽。你就是那种永远有备用计划的人。不管你是不是喜欢，你都得承认，你是一个真正的瓦利为。”丽萨说，“其实所有人内心深处都希望有人告诉他们应该干什么。我还会来的。那时候你就会看到，到底有多少人支持你。瓦利为党已经准备好了，大家至死都不会叛变。”

“瓦利为党？快别说疯话了。下次记得白天来，今天这事弄得我差点儿真的给你一枪。”

“对。你攻击性很强，这恰恰是我喜欢的。人就应该有这种个性。”丽萨说，“我走了，但用不了多久我就会回来的。祝你好梦。”

丽萨真是个可怕的人物。我不知道所有的细节，但是她创造出了一个膜拜瓦利为的邪恶组织。那个曾经陈放关着瓦利为的睡眠舱的洞穴已经变成了瓦利为党的庙宇。他们扎了好多像瓦利为的人偶，然后把这些小人偶浸在血里，偷偷举行集会。丽萨甚至把头剃光了。丽萨还背叛了斯温特莱纳、乔尼和阿里。现在丽萨他们找不到我父亲了——说不定父亲已经死了——他们就想让我来做他们的头领，没准儿他们会把我奉为什么神。没错，就是这么回事。其实我知道丽萨在向我撒谎：她希望自己是那个神。但我绝不能让这种事发生。

第四章

我睡得不好。开始的时候辗转反侧，后来好不容易睡着了，却很快被一个无比尖厉的声音吵醒了。这声音有着震撼人心的力量，就好像一大群人同时吹响了古时候用动物的角做成的号角一样。这巨响从四面八方侵入我的耳朵。

从号角声中我似乎分辨出有人在呼喊，但听不清喊的是什么。

我从床上跳起来，迅速检查了一下博纳萨手枪是否上了膛。

“玛丽！我们的母亲！”有人喊道。

什么情况？！

“我们的母亲！母亲！玛丽，我们的母亲！”

紧接着传来了敲鼓的声音。

“玛丽，我们的母亲！玛丽，我们的母亲！母！亲！母！亲！”人群的喊声逐渐统一，越来越大。

我浑身发抖。到底是谁在搞什么鬼？

第五章

我的小棚子门口聚集了三四十人。他们确实在吹一种巨大的号角，声音非常刺耳。

他们还做了一些旗帜，或者可以把它们叫“三角旗”，那上面或多或少地带着些红色，画着瓦利为的标记，这个标记和他们之前做的人偶很相似。旗帜大小不一，有的看上去是用旧宇航服做的，有的则不知道是用什么办法用树叶拼成的。

“玛——丽——！”丽萨站在人群的最前面大喊。我看到奥利维亚悄悄地站在人群最后面。

丽萨努力控制着不想露出任何表情，但我还是看到她的嘴角微微上扬了一下。

我看着那一张张紧张地盯着我的面庞。最前排站着一个小

姑娘，她举着一面小旗，看起来既孤单又害怕。虽说来到这个星球上的都是幸运得救的孩子，但他们却都失去了父母。他们的父母说不定在地球上已经失踪了，甚至去世了。或者他们不幸有不负责任的父母，把孩子丢下不管，就像我父亲一样。

“玛丽，我们的母亲。”小姑娘小声说道。

我感到自己体内升腾起一股闪着白光的喜悦，它填满了我的胸膛，延伸到我的腹部。

他们想要我。他们需要的是我，而不是其他任何人。阿里不知所踪，乔尼也不关心部落的事；而奥利维亚，我知道

她其实非常脆弱。

我知道我可以胜任一个首领的任务。

我走到那个小姑娘面前，伸出左手把她抱了起来。

我只能用左手抱她，因为我的右手拿着枪。用一只手抱起她并不容易，但我不会因此放弃我的手枪，它在开普勒62e星球的晨光照耀下闪闪发光。太阳就像我们的母亲。我是这里唯一一个有枪的人。

所有人都注视着我。

我什么都没说，也不知道应该说些什么。我只是抱着这个小姑娘，也不想问她叫什么名字。

奥利维亚和其他人拥近了一些。

没有人敢出声。空气仿佛凝固了一般。

“瓦尔哈拉！”最终，我大声喊出下意识里想到的词。

父亲对瓦尔哈拉很感兴趣，传说那里是维京人去世之后到的地方，死后的他们也能在那儿喝酒吃肉，如果想打仗的话，还可以舞刀弄枪地打一仗。这个词听起来很有力量，适合当下的场景。

“瓦尔哈拉！”人群跟着我喊了起来，“瓦尔哈拉！瓦尔哈拉！瓦尔哈拉！”

哇，他们好像一直在等着喊我选好的词一样。

忽然一个人跪下了，把头磕在了地上。有几个人立刻效仿他，很快更多的人加入其中。最终所有人都跪伏在我的面前。

过了很久丽萨才站起来。她走到我面前，从我手上抱过那个小姑娘，盯着我的眼睛看了三秒钟，然后扭头走了。余下的人也纷纷站起来跟着她离开了。

我回到自己的小棚子里。

我有点儿头晕。喜悦感像纯洁无比的白色闪电，带着锐利且威猛的力量，在我的脑海中炸开了花。

所有人都跪拜在我面前。

所有人，除了奥利维亚。

第六章

“好吧好吧，你只要知道密码就能进飞船。”奥利维亚跟着我，就像一颗长满倒刺的牛蒡果一样，甩都甩不掉，“你就别问了，也没必要去飞船上，没有武器你一样可以去瓦尔哈拉。”

我一言不发，继续向前走着。离飞船没有多远了。我走得很快，故意让奥利维亚生气。

“你那个瓦尔哈拉秀是想搞哪一出？又尖叫又磕头的——在我看来，简直幼稚得可笑。我们得一切从头开始。我们——先行者们，是从地球搬到这个星球上来的第一批人，你不觉得这非常独特吗？”

“耳朵都听出茧子来了。”我说着，停下脚步喘了喘气。

奥利维亚明显比我身体好，她背着个大背包还健步如飞。真想不出她包里装的是什么。

“我们得一切从头开始，把这里建设成我们的天堂！”

我模仿着她的腔调说，“这些话就像地球上的政治家们每天挂在嘴边的‘联邦是我们的朋友’一样，听着就让人生气。”

“你说得没错。联邦不可能是任何人的朋友，”奥利维亚说，“人的朋友只能是他的同类。我们得学会互相信任。我们现在把握着创建新世界的历史时机，‘信任’和‘诚实’可不仅仅是说着玩儿的。”

“是，”我说，“说这些话的是你，把武器全都收缴锁到大飞船里面的也是你。你把武器都锁起来就是想一个人独掌大权，虽然你说是想‘让我们和平生活下去’，但这都是鬼话。我从最开始就奇怪，你为什么不告诉我飞船的密码？这可与信任无关。我已经决定了，就算你不告诉我密码，我也会自己想办法进去。你到底怕我从飞船里发现什么？你真的把所有的枪都毁掉了？”

我深吸了一口气，想继续说下去，但最终只缓缓地把气呼了出来。

之前有一阵子我们为了生存下去，捕猎了一些树熊。对懒惰的捕猎小队来说，树熊是再合适不过的猎物。它们长得像熊，但比熊小一些，圆滚滚的，好像懒洋洋地趴在树上休息的熊猫。说是“捕猎”它们，我都有点儿不好意思，因为抓它们实在太容易了，就像从盘子里拿起一颗水果一样。树熊很怕嘶嘶兽，相对而言，它们更信任人类，因为之前它们从没见过人类。也正因为如此，捕猎它们才让人特别内心有愧。我们先和它们玩了一会儿，但很快捕猎小队一上来就把它们杀掉了。大家都为又乖又傻乎乎的树熊感到可惜，可它们的肉实在是太好吃了。无论是谁，都可以轻松地抓到树熊，所以我估计用不了多久它们就会被我们抓得绝种了。

那天我没在现场，不知道到底发生了什么，但事实是，在傍晚，一群嘶嘶兽袭击了我们的营地。不知是哪个傻子把几只树熊的尸体存到了地窖里，这个地窖是按照奥利维亚的指示挖的。谁都知道肉得吃新鲜的，放着的话很快就会腐败变质。这里又不像在地球上，可以把肉存在冰箱里。嘶嘶兽的嗅觉非常灵敏。它们远远地闻到了树熊肉的味道，便聚集成一大群来到我们的营地。平时它们害怕我们的枪，是不敢太靠近营地的。但恰恰在那天之前的一晚，奥利维亚为了“维修保养”收回了所有人的枪，把它们藏了起来。嘶嘶兽发现没人开枪打它们，就变得更加疯狂，攻击性更强了。捕猎小队的人跑去找奥利维亚，想把枪拿回来，但奥利维亚说枪没在她那儿。我估计那时候她还没来得及把枪搬到飞船上去，枪肯定藏得不远。但大家只好赤手空拳地和嘶嘶兽战斗。最终，在把所有树熊拿出来让嘶嘶兽吃了后，人们才成功地赶走了它们。但很不幸的是，有两个小男孩——瑞典来的卡勒和萨米，在混乱中被踩踏致死。所有人都为此悲伤不已。

这次袭击事件之后，整个部落都萎靡不振，我也因此非常自责。虽然在事情发生的时候我已经从营地搬出去住了，但我是唯一一个还有枪的人。虽然事后并没有人直接说什么，但我知道很多人都对没有枪这件事不满。现在这种情况愈演愈烈。

“没有枪肯定不行，”我说，“当然，我只是说说而已。”

奥利维亚一言不发。

我们走到了目的地。

每次看到飞船，我都为它如此庞大而震惊不已。它好像一只巨大无比的蚱蜢。我忽然意识到，这艘飞船可能是仿照低语者的样子设计的。低语者是开普勒 62e 星球上的一种肉眼几乎看不到的、有着神奇力量的生物。我已经不把它们称为外星生物了。在这里，我们才是外星生物。

“飞船上面肯定装满了高科技的电子器件，还有从地球上运来的对我们的生活质量至关重要的设备。我们可以借助

这些设备获取和平。”我一边说，一边爬上通向巨大飞船门口的舷梯。

奥利维亚还是一言不发。

“还有金属材料，我们可以用来建造房屋，保护我们免受开普勒 62e 星球上阴晴不定、剧烈变化的气候的影响。”

“这飞船上我们不了解的东西太多了。”奥利维亚最终开口说道。

“你不告诉我密码的话，密码就是个秘密。”我说，“我们已经商量好了，彼此之间再没有秘密。秘密往往是非常危险的。我相信你其实已经做好了后备计划，奥利维亚，不管你喜欢还是不喜欢，你都是个货真价实的瓦利为。”

“你现在比阿里还疯狂。”

奥利维亚说。

第七章

“我想想都觉得可怕，”奥利维亚说，“可你看起来却对现状很满意，用不了多久你就会变成一个独裁者，或者别的更可怕的东西。”

“告诉我这个门怎么打开，”我说，“告诉我密码。”

我们四目相对，但我瞬间躲开了她的目光。

“他们想要的不过是个希望，一个让他们可以相信的什么东西。”我说，“我有时候也在想，我相不相信我自己呢？恐怕也没有那么相信。”

奥利维亚死死盯着我不放。

“开门，”我对她说，“我保证最后肯定会毁掉大部分的枪支，但我们至少得留几把，这是必需的。”

“不。”

“我保证。”

“不，”奥利维亚说，“你才不想毁掉那些枪，你想都留着。我从你的眼神里就能看出来，你和父亲当年一模一样。”

“怎么说？”

“你和他一样自大。”

“才没有。”

“我去那里面看过了，”奥利维亚说，“我很担心你的安全。其实，我担心我们所有人的安全。飞船引擎里的小核反应堆一直有少量核辐射泄漏。如果这些辐射泄漏到飞船外面，就会污染我们的生存环境。在从 51 区起飞前，飞船上装满了我们不了解的武器和科研设备。你也知道，飞船本来是要带人类的精英阶层来这儿的。虽然我们在最后时刻破坏了他们的计划，更改了乘客名单，但他们早就把想带到这个星球的各种不为大众所知的设备装到飞船上了……”

那股闪电般洁白的喜悦感一扫而光，取而代之的是一片灰暗的颜色。

奥利维亚还在吧啦吧啦说个不停，就和在 51 区的时候一样。她从来都不是真的诚实。我甚至觉得，她都不一定知道‘诚实’这两个字是什么意思。

“我要进去，”我说，“告诉我密码，否则我就把你锁进之前锁过父亲的睡眠舱里，然后找丽萨和其他人来把门撬开。”

“125826。”奥利维亚说。

啊哈！

她这么快就放弃了，告诉了我密码。我简直有点儿失望。或许是因为她不太自信吧。

第八章

奥利维亚打开背包，从里面掏出一套连体服和一个头盔，递给了我。我有点儿吃惊，难不成在我们出发之前她就已经知道，我一定会进入飞船?

“穿上。你不知道里面都有什么。”

“是你把我们的枪都丢进飞船里去的，”我说，“所以你至少有点儿经验。”

奥利维亚什么都没说。必须承认，她一个人把所有枪扛到这里真是了不起。或许有别人帮她?

我长叹一口气，但为了保险起见，还是把宇航服套在了身上。不到一分钟我就穿好了，肌肉记忆的力量如此强大，让我有点儿吃惊。所有在 51 区练习过的内容都深深刻在了我们的肌肉记忆里，即便在睡着的情况下也能照常完成。

“和我一起来吧。”我请求道。

“我们只剩下这一套完好的宇航服了。你进去之后都想做什么？”

“我至少想看看里面到底有什么，因为你一直不让我进去看。”

奥利维亚帮我戴上头盔。忽然，她用两手扼住我的脖子，想把我摔倒在地。

我一个急转身，成功地从她的扼制中逃脱出来，给了她一拳。她开始流鼻血，眼泪喷涌而出。

“你还没强壮到可以阻挡我的地步，你自己心里清楚。”

说罢，我大步走到飞船的门前。门边上有个小小的数字密码板。

我们的未来到底会怎样？我自己的未来又会怎样？我只剩下了这一个亲人，同父异母的姐姐，我还把她打得鼻子流血了。

烦死了！

我是全世界最坏的人。

“小心点儿，什么都别摸。为了阻挡外来入侵者，飞船上搭载了可以自动启动的设备。”奥利维亚满脸是血地说。

“你是怎么知道的？”我问道，但我并没等她回答。

第九章

我输入了密码：125826。我一直以为奥利维亚无论什么事都撒谎，但这次她给我的密码居然是真的！

飞船的大门就像电影《星球大战》里的那样，“嗖”的一声打开了。看来飞船上还有在正常工作的电路。

我犹豫了一会儿才踏进飞船。

刚刚跨过门槛，大门就在我身后关上了，我还没来得及考虑怎么出去呢！过一会儿再想也来得及。现在我站在一个小隔离舱里，面前有另一扇门。

虽然戴着头盔，但我还是隐隐约约听到窸窸窣窣的声音。我有点儿担心，便打开了头盔上的灯，小心翼翼地靠近下一扇门。门自动打开了。

窸窸窣窣的声音来自一片活生生、黑乎乎的昆虫云团——几百万只小飞虫向我直扑过来。我打了个趔趄，不是吓得，是这股昆虫飞扑而来的力量简直能把我撞倒。

可能是果蝇或者类似的小飞虫吧，我想。

有一次我把一根香蕉忘在了房间的柜子里。几周之后那个房间就满是棕红色的小果蝇。原来香蕉里藏着很多用显微镜才能看到的虫卵，几周之内它们都孵化出来，变成果蝇了。说不定在这儿也有类似的情况，虽然这个星球上的昆虫和地球上的长得完全不同。

这些飞虫似乎扒在了我的头盔上。我吓坏了，不知怎的，摔了一跤。好疼！完蛋了！要是这些虫子钻进我的宇航服里可怎么办？

这些飞虫来得快去得也快，一眨眼就消失了。我的心脏狂跳，我感觉喘不上气来。好在宇航服里有控制氧气含量的设备，慢慢地，我恢复了平稳的呼吸。

真得感谢奥利维亚借给我这套宇航服，她其实不必这么好心的。

我真后悔没能在这艘飞船刚降落、还没被奥利维亚锁起来的时候进来参观一次。因为之前没来过，现在我也不知道该往哪个方向走。

我走过一条长长的走廊，用头顶的灯照亮各个方向。飞船里面可比我想象中的大多了。屋顶上吊着许多电线，像是被什么动物咬断了。也不知是一只什么动物，还是一群动物。

我感觉背上的汗毛都竖了起来。现在必须保持冷静。万一我出了什么事，谁也不会来救我。只有奥利维亚知道我在这儿。她说得对，我就像一座孤岛。

呀！忽然我看到了被奥利维亚没收的枪支，心里有点儿不好受。从小我就被教育要好好维护枪支，使它们随时保持能用的状态。我拿起一支瓦利为 4.0 型冲锋枪。所有人都知道这是全世界最可靠的枪，不管是受到昆虫袭击还是处于潮湿的环境，什么都不能影响它的正常使用。我摸了一下扳机，松松垮垮的。我又拿起另一支枪检查，发现也是同样的

状况。我拿起第三支枪，发现它的扳机也是松的。这是怎么回事？我忽然想到，一定是奥利维亚把枪一支支拆开，把扳机里面的小弹簧拿出去了，这样枪就不能用了。这就一下子解释了很多疑问。我们的奥利维亚医生真是无比狡猾。现在唯一的疑问只剩下：她是故意毁坏了所有的弹簧，让枪永远都不能用了呢，还是把弹簧藏起来了？我也不知道哪种情况更糟糕。

我沿着走廊继续向前走，周围越来越黑，越来越可怕。空气湿乎乎的，一股恶臭钻进了头盔，这是让人作呕的腐烂的味道——尸体的味道。

第十章

我继续小心翼翼地向前走。地板上有一些滑溜溜、黏糊糊的液体，在液体表面似乎还能看到一些细微的痕迹。难不成这里除了飞虫之外还有别的生物？什么样的生物能在这密闭的宇宙飞船中生存下来进行变异呢？

我心里一痛。要是阿里在我身旁，我就不会这么害怕了。与其探索这艘飞船，我更想用这段时间去找阿里。内心深处似乎有什么在召唤我，但我现在不能想这些，我也不想想这些。

开普勒 62e 星球其实是生机勃勃的。起初我们以为这里只有几种生物而已，结果是大错特错。后来我们总是不断找到新物种，阿里和斯温特莱纳对研究这些生物非常感兴趣。虽然强盗兔毁掉了阿里他们种的粮食，让耕种计划难以实现，但我们这个部落有枪，可以捕猎那些强盗兔。

说不定这里和地球上也没有多大的不同。人类在地球上的亚马孙热带雨林里也总是能发现新的、比人类早出现几百万年的植物和动物。可惜人类永远也不能知道地球上一共有多少生物了，我们在区区两百年里就造成了无数物种的灭绝。

我停下来检查周围的环境，发现地板上有一个空的 Go-go-go 饮料瓶。我把它捡起来，丢到离我不远的一条细线处。

砰！

砰！

我身前身后各两米左右的地方分别发生了爆炸，我勉强避开了爆炸的火焰，瞬间大汗淋漓。难道是奥利维亚布置的炸弹？这儿一定还有别人，不想被打扰的人。

我的心脏狂跳不已，这股子劲似乎要撑破宇航服。要不是恰好发现眼前的细线，我现在就被炸成碎片烧成灰了，再好的宇航服也救不了我。

无论这炸弹是奥利维亚布置的还是别人动的手脚，都说明他们是铁了心不让我进到飞船里面。他们当然有他们的理由。说不定整艘飞船就是一颗被遗弃的炸弹，因为最有可能建造这艘飞船的人就是全世界最疑神疑鬼的人——我的父亲。

第十一章

我在黑暗当中摸索着前行。头盔上的灯只能照亮眼前的一小片地方，而且灯光开始变得一闪一闪的。我感觉自己就像在某种游戏场景里，不知会死在什么陷阱当中。

我非常缓慢地向前走。地板上满是黏稠的液体，我向前滑行着，几乎不用抬起脚来。

借着头盔发出的昏暗的灯光，我低头看到自己在地板的黏液上留下了一些痕迹。但地上明显还有别的痕迹——不久之前有某种其他生物从这里走过。看上去它的印迹是细细的。是蛇？但是蛇好像是弯弯曲曲地按照“之”字形向前滑行的。

又传来一阵窸窣声。不在上面，也不在下面，而是在我背后！

我猛地转身。

啊哈！

我看到了两个闪烁的红点。是某个控制台上的灯，还是更可怕的东西，比如红色眼睛的怪物？我蹚着脚下的黏液尽量快走。要是我在电影里看见一个女孩独自进入陌生星球上的废弃宇宙飞船，我肯定会觉得她疯了！哪能做这么危险的事！

那红光不是控制台上的灯。它们一闪一闪的，就像是某种动物在眨眼睛。

第十二章

我对它可真是“爱也不是，恨也不是”，但现在我还是把它掏了出来。我指的是我的手枪——博纳萨。枪在手上冷冰冰的，让人感觉很舒服。这把枪有它的可人之处：不管是在核战争中还是在生日宴会上，不管是零上 50 摄氏度还是零下 50 摄氏度，不管周围是水还是沙子，它永远都不会出故障。

它就像锤子一样好用。“什么都弄不坏它。”父亲曾这样说过。他还告诉我，这种枪枪身的金属成分是钛和其他什么金属的合金。父亲太喜欢钛了。

有时候我觉得这把枪就像我身体的一部分，像手臂的延伸。有时候我又觉得自己实在应该害怕这把枪，因为它的存在只有一个目的——杀戮。

我检查了子弹膛，是满的。我从小就惯于与各种枪支共处，很奇怪的是，它们竟然会带给我安全感。

咔啦！

窸窣的声音又出现了。忽然，有什么东西戳了一下我的手腕。到底是什么?

就在我把头盔的面罩打开的刹那，我看见了！可它们摇摆得厉害，我看不清它们的形状。

我看到，它们有着灰白色的身体、红色的眼睛，看上去就像巨大的芦笋，又像小时候母亲给我读的姆明故事里的树精。

我打开博纳萨枪的保险，迅速射出三发子弹。子弹直

接射穿了它们，却似乎并没有对它们造成任何伤害。

虽然这些“芦笋”行动缓慢，但它们还是一样可怕。我想使劲快跑，可宇航服实在笨重，我脚下一滑，摔倒了。地板上的黏液肯定是这些“芦笋”留下的，它们就像蜗牛一样能分泌黏滑的液体。

第十三章

我站起来想跑开，却又一次摔倒了；再一次站起来，又再一次摔倒了。

我眼前躺着一个男孩——我猜那是个男孩。不用仔细看就知道，他肯定已经死了。这艘飞船就是他的墓地。他的宇航服上有奇怪的烧灼的痕迹。这到底是怎么发生的？他的脸……不，我实在不忍心看。至少应该不是我认识的人，不是先行者之一。

他是被派来看守飞船的，还是出于好奇偷偷溜进来的？奥利维亚知道他是谁吗？我会不会和他有同样的下场，所以奥利维亚才那么轻易地给了我进门的密码？她是不是觉得让我进到飞船里来，就可以彻底摆脱我了？

“芦笋”们悄悄蹭得离我更近了一些。我想，它们会不会像亚马孙河流域的电鳗一样，身上带电？或者像姆明故事里的树精那样，平时并不危险，但被闪电击中、蓄满电能之后就会无比危险？

我把男孩的尸体推向一边，因为他刚好挡在了门口。幸运的是开这扇门并不需要密码。我推开门，一步一滑地挪进下一个房间，然后立刻把门关上了。我检查了一下周围，这个房间没有“芦笋”。它们是这艘飞船内部的守卫吗，就像传说中古老的埃及墓葬中往往有蛇，用来防范盗墓贼？如果它们真是守卫这艘飞船的，又是谁把它们带进来的呢？

这是一间卧室，因为里面摆满了一排排休眠舱——和我们来时飞船里搭载的休眠舱一样。我继续向前走，穿过一间又一间卧室，数数一共有六间。虽然“芦笋”们已被挡在几扇门之后，但我心里还是不踏实。

穿过最后一间卧室，我看到了下一个房间。

门上设有密码锁，但门已经被人打开了。

我犹豫了很长时间，左顾右盼，最终还是踏过门槛，进入了这个房间。房间里面很大，有几个很粗的涂着绿保护色的管子。经过几秒钟的思考，我终于知道这个房间是做什么用的了。我发现一面墙上的危险标志中有我最不喜欢的一个：

危险
辐射

这根本不是什么普通的管子，而是核导弹！这是在地球上人们最害怕的东西。如果我没猜错的话，导弹附近就是发射台。

在地球上的时候，人们就在战争中使用核武器。他们管那些核武器叫“小家伙”，用它们杀死了几百万人。

总统说：“反正人太多了。”也是同一个总统说：“联邦是我们的朋友。”

武器制造商瓦利为曾经说过：“应该有所准备，因为有可能会死一点儿人。”过了很久我才明白，原来他才是世界上最有权力的人。他像指挥官般一吹哨子，政府就得言听计从，开始手舞足蹈地表演。他不光研发了最高效的武器，还研发了监控设备，帮助政府坐稳位子。这里那里总有些小规

模战争发生，但自从人们学会精准使用核武器之后，战争就结束得快多了。

绿色的核武器上面有数字标记。核武器一共有六枚，或者说，本应该有六枚，二号和四号已经不在了。是谁把它们拿走了？我瞬间紧张得肚子都疼了。敢情他在这里也想掌握大权。

永远都是同一个人。

他居然重获自由，还在制造危险！

我必须找到他。

我必须消除他制造的危险。

我必须杀掉他。

我得杀了我父亲。

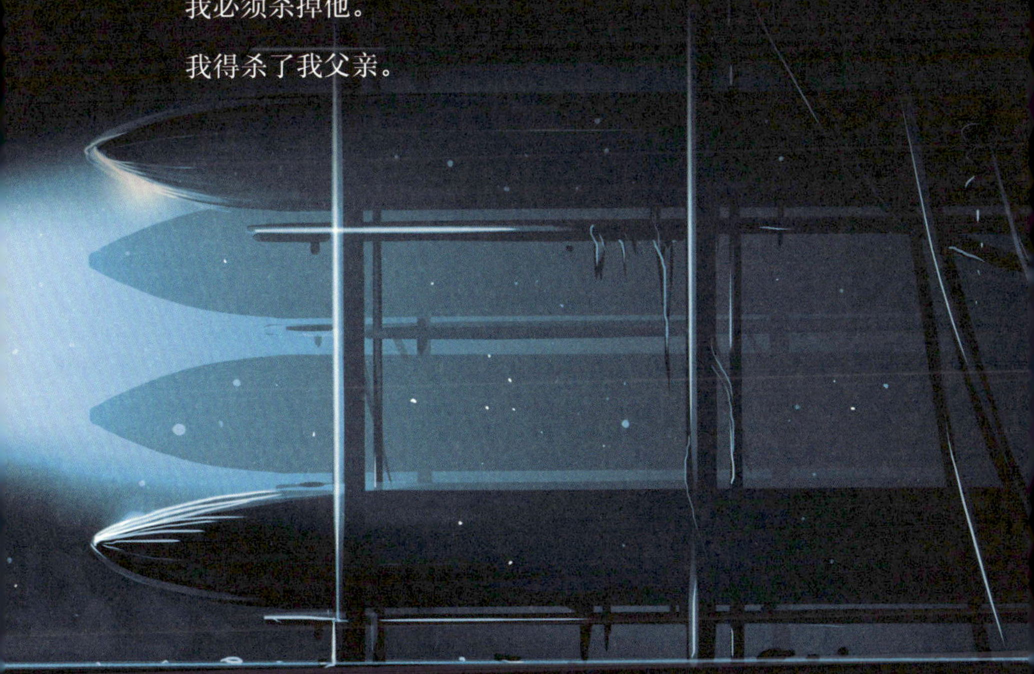

第十四章

必须出去才行。我不想再知道更多的秘密，一秒钟都不想待下去了。

墙上挂着几个小的二氧化碳灭火器，我拿了两个。

我向来的方向冲过去，穿过卧室里一排排空着的、打开的休眠舱。昏暗当中，它们就像一排排破壳的巨卵。

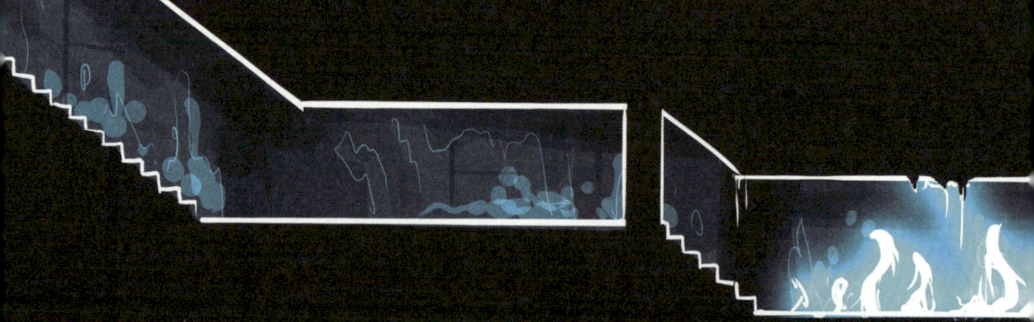

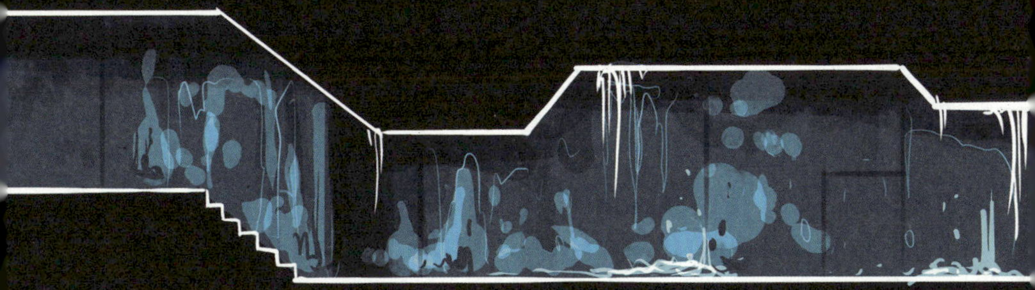

我在通向走廊的门口停了下来，眯着眼看向眼前的昏暗。它们还在吗？可恶，居然还在！我看到了一双双闪烁着的红眼睛。

“芦笋”们紧紧聚成一团，它们的脑袋好像还没有蚯蚓的脑袋大。它们聚在一起只是个巧合，还是它们其实也有智慧，懂得思考？现在我只看到它们摇摇晃晃地站着，发出窸窸窣窣的声音，眨着红色的眼睛。

忽然，它们发起了袭击，向我冲过来，像煮熟的意大利面一样把我围在当中。我听到一阵噼噼啪啪的声音，随即发现我的宇航服已经着火了。地上全是黏液，我再一次不慎滑倒。宇航服已经被烧出几个大的破洞。我恐怕要死在这里了。最终，我成功拔掉了灭火器上的保险栓，把里面的二氧化碳喷向“芦笋”们。

用灭火器对付“芦笋”非常有效。我听到一阵奇怪的哀号，“芦笋”们卷曲起来，逐渐消失在空气里。我知道它们死了。我拿起另一个灭火器，一路向前喷去。

去死吧！

消灭“芦笋”有趣极了。

我跑到最后一扇门前。门锁着。我掏出手枪，射向门锁。哼，密码锁根本挡不住我！

砰！
砰！

我慢慢走下飞船门口陡峭的舷梯。终于回到了这颗星球表面清爽的空气里，我一把扯下头盔丢在地上，脱下已经被烧毁的宇航服。

哇，令人无法置信的是，奥利维亚还站在那儿等着我，不知这是好事还是坏事。

“你是不是早就知道，父亲竟然从地球穿过 1200 光年，把核导弹带到了这里？”

我努力平复呼吸。

奥利维亚盯着我，没有点头，也没有摇头。

"核导弹！"我重复道，"现在也不知道他跑到哪儿去了。他带走了两枚核导弹。"

"嗯……"奥利维亚说，"但是核导弹在这儿也用不了。"

"为什么？"

奥利维亚的表情没有丝毫变化。我一直怀疑她是个半生化人，现在看来，这个猜测肯定没错。

"我也不想这么悲观，但我必须消除父亲带来的危险。你看，在这儿有那么多人崇拜他，甚至已经建立了一个邪恶的组织。这件事必须彻底终结才行。可是到底要怎么做呢？他有那么多追随者，还有核武器。核武器在这个星球上和在地球上一样危险。万一他真想用的话，甚至可以毁掉整个星球。我必须成为这里的新领袖。"

“你说的这些，我真是听够了，”奥利维亚说，“我怕哪天你也要消除我带来的危险。”

说罢，她就走开了。

第十五章

当我回到营地的时候，丽萨已经把所有人集结起来了。或者说，几乎所有人。瓦利为党的众人向我鞠躬，但我径直穿过人群，努力摆出一副趾高气扬的样子。

“男孩子们想把枪要回来，所以我必须想想办法。”丽萨悄悄对我说。

“他们折腾也没用，”我悄悄回答她，“枪都坏了，用不了。枪里的一个零件小弹簧被拆掉了……将来有时间的话我能修好，但现在那些枪一把都不能用。”

丽萨瞥了我一眼。她的表情中有一丝责备，她生我的气了。但即便如此，她还是转过身向人群喊道：

“玛丽是真正的瓦利为！她是武器制造商的女儿，是我们的领袖，我们所有人的领袖！”

“耶——！”大家异口同声地喊道，“玛丽，玛丽，玛丽！”

哈哈！我其实又饿又累，但人群的鼓舞让我有了一些力气。要是他们想要一个领袖，我就给他们当个领袖好了。

“所有被收走的枪支将来都能修好！”丽萨喊道，“玛丽刚才就是去检查那些枪支的。我们挨饿的时间不会长，很快就能继续打猎。有敌人来袭击我们的时候，我们也有枪来抵御。将来肯定少不了用枪的时候！我们要建立一支保卫安全的军队，开普勒 62e 星球上危险的生物太多了。”

“耶——！”瓦利为党的众人又跟着喊了起来。这次，那些不信瓦利为的人也跟着一起大喊。

嗯，我想，这有点儿过了。丽萨很危险，她想要枪，但我肯定什么武器都不能给她。更何况那些枪到底能不能修好，我心里也没底。

“玛丽，玛丽，玛丽！”人群的呼声越来越大，越来越大。

“瓦尔哈拉！”我喊道。

“耶——！”

“日后很快会发生翻天覆地的变化，但现在大家都回去继续工作吧。”我说。我也不知道什么叫“回去继续工作”，但这听起来很像领袖对下面人说的话。

“耶——！”他们又喊道。

我稍稍向人群挥了挥手，和丽萨一起走进我的小棚子。

我浑身发抖。这一切好像太简单了。我记得母亲曾告诉我，挪威作家易卜生在很久很久以前写过“世界想要被欺骗”。母亲说她很长时间以来一直以为易卜生的意思是说，人往往很好骗，被骗了也不自知。但是母亲说她后来终于明白，易卜生的意思是，人有时是希望被欺骗的，他们不想了解事实，只想走最简单的路，虽然那样做往往很危险。

他们想要枪。

第十六章

“咱们一起制订一个部落管理计划吧。”丽萨说。

“可以。”我回答。

我其实更喜欢独处，但最近丽萨总跟在我身边，而我也没有阻止她，这其实有点儿奇怪。我思考了半秒钟。我想，领袖应该也需要个秘书来帮她打理日常的小事。更何况丽萨身边还有一大群拥护她的孩子，这些孩子日后也会对我有所帮助。原来在地球上的时候，我的大事小事都有马格达和阿尔弗雷德照顾，但现在在这里什么都得自己做了。马格达和阿尔弗雷德在我们来这儿之后也乘坐飞船到了这里，但他俩现在是胆小怕事又脆弱的老年人了。他们单独住在远处恐怕活不了多久了。

“你天生就有领导才能。”丽萨说。

“我就直说吧，其实我觉得当个领袖也不错，我甚至可以考虑一下统治全世界。”

我努力笑了笑，但笑声听起来很生硬。

“你可不就是在统治全世界！”丽萨说，“开普勒 62e 星球就是一个独立的世界，在这儿的所有孩子都想要你统领他们。咱们必须在枪落到别人手里之前，把它们抢到手！”

“嗯。当下最重要的是阻止我父亲，他非常危险。他一直想看着全世界被烧成灰烬。你知不知道他可能藏在哪里？奥利维亚现在在哪里？”

丽萨嘴巴笑了，但眼睛没笑。

“你说得可能没错。我之前和几个孩子聊天，其中有个叫乔的，说他看见一些人骑着坦克海豚去那座岛上了。说不定你父亲就藏在那座岛上，奥利维亚也在那儿呢。谁说得准呢？”

“坦克海豚？”

“我去找乔，把他带过来。”

丽萨走出去，不知向谁吹了个口哨，又转身进来了。“他马上就来。我还有个问题，你说奥利维亚没收的那些枪不能用了，可是真的？”

“是。”我说。

“全都坏了？”

“不好说，我得研究研究。”

“研究什么？”丽萨问道，“没有枪，我们就没有任何力量。”

她瞪着黑色的大眼睛看着我。

我的脸上闪过老谋深算的领袖特有的笑容。怎么能让丽萨指手画脚地骑到我头上来？她不过是个秘书罢了。

第十七章

“你好。”我听到一个细弱的声音。门口站了一个小男孩，瘦瘦的，和这细微的声音非常相配。他看起来实在是太可爱了，简直可以为含糖量超高的 Go-go-go 饮料去拍广告。

我点点头，让丽萨出去。她起初不肯。发现我是认真的之后，她的脸色比原来更加阴沉，最终她还是出去了。

“你知不知道奥利维亚在哪儿？”我问那个男孩。

“你是问我们的医生？”

“对。”我说。差点儿忘了，奥利维亚确实是个医生。

“她可能去海上了。”乔说道。

“嗯？去海上？她常常去吗？”

“是。我常常看见她和那些驯服坦克海豚的人在一起。其实坦克海豚很容易驯服，它们实在是太爱吃肉了。”

看来我真是不该用这么多时间独处，我连自己的姐姐在做什么都不知道。

“驯服那些坦克海豚是为了什么？”

“为了骑呀。”

“骑？”

“骑着它们就可以去岛上，不一会儿就能到。你要是愿意和我去岸边的话，我可以带你去看。只是坦克海豚很危险。”

“去哪座岛上？”

“就是远处那个尖尖的。”

“那个看起来很像城堡的岛？说不定那是座火山。”

我感到自己的心跳加速。

“岛上确实有座火山，”乔说，“还有一个超——大的，至少有几亿米深的洞。”

“那听起来确实有点儿深啊。你去过岛上？”

“呃……没有。但我说的都是真的。”

第十八章

“你得用这个。”乔说。

他从附近的灌木丛里掏出两片用绳子绑在一起的塑料片。塑料片的做工非常粗糙原始。开普勒 62e 星球上的很多东西都非常原始。如果需要什么东西，我们就只能用周围能找到的材料自己做。我们在这个星球上生活的时间越长，用可回收材料做出来的东西也就越高级。

“你把这些系在腿上，大腿内侧，它们会在你骑海豚的时候保护你。”

“你是认真的？”

“我帮你。”乔睁着广告模特一般的大眼睛对我说。

在乔的帮助下，我最终穿上了骑海豚时用的护甲。他很熟悉这个流程：他用像尼龙绳一样的绳子把塑料片固定在我的大腿上，又在膝盖处做了固定。我估计这绳子也是用旧宇航服做的。

乔掏出一个小木哨子，吹响了它。我忽然想起来，奥利维亚好像有个一样的哨子。

然后，他就坐在了石头上，像是在等什么。

哨子发出的声音并不响亮。腿上绑着原始的塑料片，我看起来也不再像个领袖了。

乔又吹了几下哨子。水面平滑如镜，让我想起了父亲曾在我家院子里建的私人滑冰场。那滑冰场从来没人用过。

虽然我是个领袖，但也不能万事如意，有时候也需要耐心等待。

“坦克海豚喜欢哨音，但说不定它们今天心情不好。”我

终于忍不住说道。

这片海滩很像我们老营地附近的那片海滩，我就是在那儿认识了神秘的低语者。当年它们帮助了我们，但如今我并不是很想再见到它们。我也不知道为什么，或者说，我觉得它们并不想再见到我们。或许这也很正常：那时候我们做了不好的事，所以现在它们不想见到我们，因为我们会让它们回忆起当年到底发生了什么。我根本不敢去想自己到底有多思念它们。此时距我上次听到它们的声音，已经过去很久很久了。

海面上见不到坦克海豚的影子，也听不到它们的声音。

一丝波澜都没有。

“走吧，回去。”我说着站起身，“我等不了了。”

可是，就在这时，它们忽然现身了！哇！这是我第一次见到坦克海豚。当然，之前我也没有哨子。

水面开始翻滚，像是沸腾了一样。我注意到自己屏住了呼吸。在紧张或者害怕的时候我总是会这么做，比如在扣动扳机前的那一刹那。

第十九章

三只灰色的、背上满是铠甲的坦克海豚浮到了水面上，正在滴水的铠甲在开普勒 62e 星球的阳光下闪闪发光。

哇！它们真的就像藏在坦克铠甲里的海豚一样！我还以为这种生物只会出现在日本的游戏里！它们的鼻子好可爱！

乔又跑到灌木丛里，从里面拖出了一个大盒子。他把盒子打开的一刹那，死尸和腐肉的气味立刻在空气中弥漫开来。

“这是强盗兔的肉。”乔解释道。他冲到岸边，把兔子肉远远地甩到水里。

坦克海豚的鼻子变得不再可爱。它们张开大嘴，一口吞下腐肉。我看到它们红棕色的嘴里满是尖利的牙齿。

乔又拿出哨子吹了一下。

坦克海豚立刻来到很靠近我们的水面。我感到胃像是被谁攥了一下。我把背包转到胸前，但它并没有拉大我和坦克海豚之间的距离。

乔把哨子别在耳朵后面，向我点点头。

“你去水里吧，它们中间会有一个来载你。”

我很害怕，但还是照做了。乔用他细弱的手臂扶我爬到了一只坦克海豚的背上。接下来会发生什么?

“坐在那个鼓包上面很不舒服，所以你往前倾，抓住最大的鳞片。但是这些鳞片都会动，所以还是要小心一点儿，别把手指割掉了。”

好的，遵命。

就好像乔按了一个我看不到的按钮一样，我身下的坦克海豚像子弹般冲了出去，我险些从它背上摔下来。坐在坦克海豚身上并不容易，它们背上的铠甲不仅坚硬，还很锋利。虽然有塑料片的保护——幸亏有它们的保护——但我还是很确定，到达岛上的时候，我的大腿上肯定会青一块紫一块的。

“你伏低一点儿！抓紧了！”乔在我身后喊道。

“我怎么控制它？”我向海岸喊道。

“没法控制！但它自己知道应该去哪儿！别撒手啊！”

第二十章

我手脚并用，紧紧趴在坦克海豚背上。海水溅到我的脸上、嘴里，咸咸的，又有硫黄的味道，和地球上的海水不同。我之前从没尝到过这样的味道。

身后另外两只坦克海豚紧紧地跟着我。

我不知道乔跟我说的是真话，还是想让我去送死。要是坦克海豚游了一半忽然决定潜水怎么办？我绝不可能有办法游到岛上。要是我从它背上滑下去了呢？或者它们发现其实我也是块肉，把我一口吞下去，再把我的骨头从牙缝里吐出来呢？它们可不是吃素的。

坦克海豚偶尔把头抬到水面之上。其实它们也不能算海豚，因为海豚没有它们这样长在头上的长触角。它们确实力大无穷，带着我飞速靠近小岛。不一会儿小岛已经可以看得更清楚了，简直像直接从电影里或者连环画里出来的一样。岛上有一座巨大的火山，看起来它好像还处于活动期，硫黄的气味非常明显。

坦克海豚们就像机器一样，笔直地向着小岛冲去，路线像提前设计好了似的。如果它们真的是机器，那我与其说是“骑”坦克海豚，不如说是“开”坦克海豚。也不知另外两只寸步不离的坦克海豚到底要干什么，看守我吗？驯坦克海豚的过程和驯狗的差不多吗？

奥利维亚在不在这座岛上？当听说父亲从休眠中醒来，逃离了休眠舱，人们甚至还组织起了一个邪恶的组织的时候，她大吃一惊，说不定受了刺激。我们家的秘密实在是太多了。父亲也藏在这座岛上吗？

第二十一章

我们到达小岛岸边的时候，坦克海豚忽然停下，转了一圈，像鳄鱼一样扭了扭背，我就被甩到了水里。

有那么一刹那我觉得自己这次死定了。几只坦克海豚发出一阵滑稽的咔嚓咔嚓声，随即潜入水下消失了。我就要这样死了吗？我不擅长游泳，也不擅长潜水。我不想死。

但很快我就松了口气：水只有半米深。

我蹚水走上岸，四下打量着，一是因为确实尴尬，想看看刚才这一幕是否被人看到；二是想检查一下有没有什么危险的动物在石头后面等着伏击我。

我把死死地系在腿上的湿绳子解开。我很感谢这些塑料片保护了我的大腿内侧，现在终于不用再戴着它们了，我顿时觉得轻松无比。我把塑料片藏在离水边有一定距离的地方。说不定我还需要乘坐坦克海豚回去呢，眼下一切都是未知数。

无论接下来我准备做什么，我现在所处的位置都非常容易被发现。所以我从岸边向一堆奇形怪状的大石头跑去。

没跑出几米，我就看到眼前有什么东西一闪而过。我迅速趴倒在地，把手枪举在身前，自己都没注意到枪是什么时候拿出来的。

我看向四周，岸边一块大石头上竟然安装着野外摄像头。

也就是说，一直有人在监视我的一举一动。

我尽量装作很酷的样子，轻松地走到摄像头前，把它拿起来。上面印着生产商的标志：KTA。这是我在地球上最讨厌的三个字母，也是我离开地球之后最讨厌的三个字母。

KTA。这是父亲的武器工厂的标语“Kill Them All”（全部消灭）这三个词的首字母。

KTA

第二十二章

不远处传来一阵窸窣声，同时也传来一阵令人作呕的恶臭。我飞快溜到一块石头下面躲了起来。

离我十米开外的地方有一群嘶嘶兽。它们经常成群结队地出现。它们强壮，身上长着鬃毛，像熊一样危险；但它们也很傻，脑子不太管用。

它们径直向我藏身的石头走来，但我想它们并没有闻到我的味道，因为它们自己实在是太臭了。

只有一只嘶嘶兽的话并不危险，但像现在，它们成群结队地出现，就有些可怕了。它们走来走去，好像并不知道自己在做什么。但忽然，它们通通站住，然后排成一队，向岛中心的方向走去，随后消失在一堆崎岖的石头后面。

我长舒一口气，继续悄悄前进。

就在海岸附近，奇形怪状的大石头后面，竟然藏着一个营地，从海上是看不到它的。营地里的帐篷有两种不同的样式，但颜色是相同的，用的都是符合此处环境的保护色。无论这个营地是谁设计的，他都一定提前做好了打算，然后从地球上把所有需要的材料一点点运送过来。我估计这里的每一个零部件上面都印着 KTA 的标志。

帐篷前有一个男孩走过，像是这里的守卫。他长着蓝色的眼睛、浅黄色的头发。

他是父亲组织的男孩子军团中的一员吗？

即便父亲真的有这样一支军团，它的人数一定也不多。我只是后悔没能从奥利维亚口中打听出更多的信息。那时候我们都单纯地为把父亲再次锁进休眠舱而庆幸不已，觉得暴力的时代终于结束了。我当时真不该那么幼稚，相信人心向善，怎么就没想到肯定会有人找理由把父亲放出来？当时应该杀了他的。

多疑的悲观主义者总是能活得更长久些。

那些只顾自己不考虑别人的人。

那些在最后的最后一定会开枪的人。

就像父亲。

“我不需要人们喜欢我，”父亲曾经常常说，“他们怕我就够了。”

第二十三章

我悄悄地走得更近一些。天哪！从那边又过来一大群嘶嘶兽！看来这座岛上的嘶嘶兽比我想象中的多多了。

“烧啊，烧啊，烧啊！”巡逻的嘶嘶兽嘶吼着，我大概听出了它们的意思。

我的心脏狂跳。我看到每只嘶嘶兽手上都拿着一把喷火枪。当年我们就是靠喷火枪战胜了父亲。但是它们有没有汽

油作为燃料呢？估计没有，否则那么喜欢火焰的嘶嘶兽，肯定早把这里的一切都烧光了。嘶嘶兽们围成了一个圆圈，顺着一个方向走，时不时发出咝咝的吼声。看来它们很喜欢这种巡逻活动。估计它们也被改造神经了，被不知藏在哪里的程序控制着。

除了父亲之外，还有没有人知道本该载着未来和希望的飞船里装满了毁灭、燃烧和杀戮的极端危险的武器？

前面又出现了一个蓝眼睛、黄头发的男孩。他脸颊瘦长，眼神里流露着饥饿。他手上拿着的当然是父亲最喜欢的瓦利为 4.0 型冲锋枪。看来奥利维亚也并没能没收所有的枪支。

“你想想，要是全世界的人都没有任何武器，只有你自己有一把冲锋枪、好多子弹，那你就可以一个人统治这个世界。打仗就像玩儿一样。要是你还有一架直升机，你就是神。”有一次父亲和我玩一个叫“风险”的游戏时这样说。

父亲总是说这样的事。母亲病倒了也肯定和这有关。父亲甚至还说过要发行自己设计的 KTA- 风险游戏。

我现在脑子里想的只有父亲。他在这座岛上吗？他的身体居然已经恢复得那么好，可以乘坦克海豚来到这座岛上了？或者，这座岛上的设施其实是早些时候从我们营地出走的人建成的？

我站着一动不动，大气也不敢出。那男孩手上拿的冲锋枪里有没有子弹？他会不会用？这冲锋枪可没有那么简单……

忽然，我感到脖子后面抵上了一个冰凉的东西。

我慢慢地、慢慢地向后转，几乎就要看到背后了……忽然，我眼前一黑。

第二十四章

我什么都没看到，只觉得被刺了一下——有人拿针扎我？我陷入一个让人头晕目眩的、奇妙的、无边无际的黑洞，黑洞，黑洞……

我做了个梦，但又觉得我没睡着，不可能做梦。我的大脑努力想搞清楚当下的情况，但现实却离我越来越远，而我见到的只有支离破碎的、令人恶心的画面，特别特别恶心。

玛丽

第二十五章

我的四周一片雪白。雪白，雪白，雪白……

原来我正躺在柔软的床垫上。这床垫的感觉很熟悉。当年挪威大兵们厌倦了在野外坚硬又坑坑洼洼的地面上睡觉，所以父亲就给他们专门研发了一种用最柔软的鹅绒填充的充气床垫。“像鹅绒一样柔软”的 KTA 床垫当然不便宜，但谁不想拥有呢？

“早上好！”我听到有人说，“只是给你注射了一支麻醉剂而已，不用害怕。你睡着的时候看起来格外甜美。我们得查清楚你是谁，所以只好把你麻醉了。”

麻醉剂。父亲有，奥利维亚作为我们的医生，也有。

我身边站着一个黄头发的男孩。难不成，他和我之前见过的是同一个人？他们长得太像了。但不管他是醒着的还是睡着的，看起来一点儿都不甜美。我不记得新来到开普勒 62e 星球的孩子里有这个男孩。他们或许是统一染了头发？难不成是克隆人？父亲之前看过一部漫画，他很喜欢。那部漫画里就有克隆一大群普通孩子的情节。但我觉得这其实不太可能。奥利维亚曾经说她相信克隆人已经进入最终测试阶段，但父亲否认了一切。然而不管这是不是真的，到处都有传闻说政府有个计划，把流浪的孩子们抓起来，像养狐狸一样放在笼子里养着。孩子们满 13 岁的时候就会消失，没人知道他们去了哪儿。

我的背包就在我身边的地上。但我摸到腿侧的时候发现我的博纳萨手枪不见了。当然他们不可能不把手枪拿走。

“跟我来，我的老板想和你聊聊。”男孩说。

我咳了一下。

“你知不知道我是谁？”我提醒他，“我姓瓦利为。”

男孩没有回答。

“所以在这儿我才是老板。”我继续说，“你越早明白越好。这不是什么威胁，只是事实罢了。”

男孩的大蓝眼睛盯着我，他的表情中出现了一丝疑惑。

“我到这儿来就是为了和你们老板聊聊的。带我去见你们老板。”我说。

男孩子并不懂我的幽默。这种幽默父亲是会懂的，因为刚刚已经提到了，他爱看漫画。

我抓起背包，站了起来。

第二十六章

我猜不出这个“老板”到底是谁。是父亲，是奥利维亚，还是阿里?

但其实老板只不过是另一个黄头发的男孩子罢了，只是他的头发更黄，眼睛更蓝。

他坐在帐篷里，喝着 Go-go-go 饮料，吃着一种我从没见过的水果。

他一边吃，一边把玩着我的博纳萨手枪。没有人不喜欢枪。枪就像是魔法。手上拿着枪的人掌握了生杀大权。看到枪的保险已经打开了，随时都可以开火，我嘴里发干。

“你用过枪没有？”我问道，“知不知道怎么用？”

“知道。”

“会不会用气枪？”我看到他再次瞥向我的眼神，就知道答案了。

“嗯。”他说。

“你把它拿过来，我告诉你这个怎么用。”我说，“保险开着呢，现在这把枪很危险。”

男孩有些犹豫。

“给我吧。”

我起身走向他。

他一侧身。

“把这个女孩抓起来！”他命令道。

他不高也不壮，但因为他手上有枪，就显得很有气势。

帐篷里还有另外两个黄头发的男孩子。

他们都一动不动。

我又向前走了一步，
他开枪了。

砰！

第二十七章

我看见黄头发的男孩手里的枪掉在了地上，就知道我还活着。更何况，我身上好像没有哪儿疼。

有那么一刹那，所有人都像石化了一样站着，刚刚的枪声还在耳朵里回响。

我利用这一刹那冲上去，把手枪抢了回来。忍者玛丽!

我卸下弹夹，说:“我刚刚告诉你们了，枪非常危险，可以在人身上打出大洞。但你不用担心这些，你这瞄准水平太差劲了。”

我睁着忍者一样的大黑眼睛看着他们。

“刚才已经说过了，我是你们的新老板。可能你们在这个偏远的岛上待得太久了，还没听说我已经被推举为两个部落的领袖。”

所有人都注视着我。

有一刹那好像他们都出于恐惧而颤抖。

有人怕我，这种感觉实在是太好了。

哇!他们居然跪下了，向我磕头。

我就像古时候的帝王一样受了他们一拜。他们这么做其实很聪明，我想，谁不想被别人领导?父亲曾经说过，你要么是羊，要么是狼。我不想做羊。

然而他们并没有注视我，也不是向我磕头。等到我明白过来，为时已晚。

一道极强的电流穿过我的身体，我向后飞了出去，撞在地上，浑身控制不住地颤抖。我知道这是被电击的感觉，我熟悉这种蓝白色的光引起的疼痛，因为之前我也被电击过。我在领袖的宝座上还没坐稳就变成了佝偻颤抖的蚯蚓。

第二十八章

“玛丽，玛丽，了不起的‘领袖’？你简直比我还要邪恶。我记得你不怎么喜欢我啊。”

父亲俯视着我。我已经是第二次被他电击了，感觉比被树精蜇还疼。

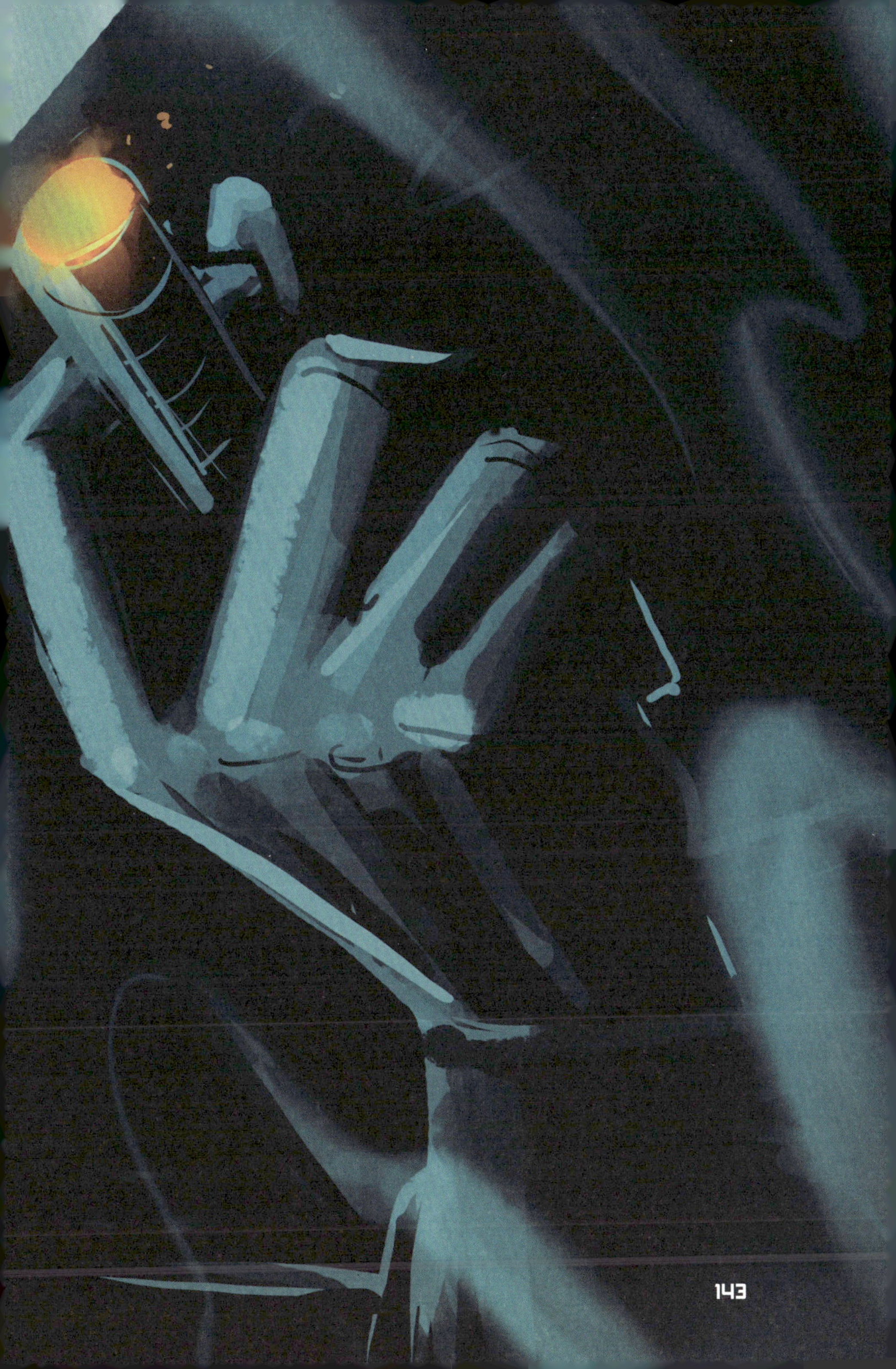

我简直不敢相信眼前这个人真的是我父亲，他就像是从另一个时空中来的、与我毫不相干的另一个生命。但他现在却真真实实地站在我面前，蓬头垢面、满脸胡子，拎着一支手杖，浑身散发出雪茄的气味。难不成他早就从地球运来了他一辈子要抽的所有雪茄？

“当年是你抓住了我，把我锁在了那个棺材里。”父亲说，“你还不如直接杀了我痛快。我是你的亲生父亲啊，玛丽，你看看你到底是个什么样的女儿！还好有人想叫醒我。”

父亲站在我身旁，一脸嫌弃的表情。他用手杖戳我，就像在戳一只死刺猬。

我根本无力回答他。刚刚的电击还在折磨着我的神经，我的呼吸都格外困难。我躺在地上，像发高烧的孩子一样不停地颤抖着。

“根本没有人想要你这样的父亲！”我最终攒足了力气，说道。

父亲竟然笑了，是那种让人几乎察觉不到的淡淡的微笑。你一看就知道这是有权有势的人特有的微笑。

我察觉到那两个黄头发的男孩子也在笑，只不过他们是幸灾乐祸地笑。

父亲走近了一点儿，拄着手杖俯身看向我。我心跳加速。

“你能抱抱我吗？”我问。

父亲惊讶得哑口无言。

“爸爸，好爸爸，”我说，“你就不能试试从头开始？我想做你的女儿。”

“玛丽……”父亲说。

第二十九章

从地球出发之前，我们每个人拿到了一个小急救包。这包里有很多东西，比如一把小刀。

这种小刀非常锋利。虽然比不过外科手术专用的手术刀，但阿里在情急之下就是用这把小刀把母亲脑袋里的芯片取了出来。

我抓住父亲的手杖，用尽全力一拉。父亲随即摔倒在我身边，甚至来不及露出惊讶的表情。

一把锋利的小刀抵在了父亲的脖子上。父亲肯定也感觉到了，这把小刀非常锋利。

“躺在地上别动。”我把刀刃抵在父亲的脖子上，轻轻地蹭了蹭，说，“我刚刚受了几千伏的电击，现在手不是特别稳。”

到底我也有走运的时候，父亲的电击棒恰好掉在了我身上，我把它也拿在手里。

“你们这些蓝眼睛、黄头发的小兵都出去吧。我们父女之间的事与你们无关。赶紧从我眼前消失！”

男孩们犹犹豫豫地看着父亲，没有动。

“你们得记住，”我说，“我才是真正的瓦利为。我比我父亲更厉害。你们自己也看见了他到底有多病恹恹的。聪明一点儿，站队要选好队伍。”

父亲想说话，我感到他的喉结动了动。

“出去！”他声音沙哑。

我又在他脖子上蹭了蹭锋利的刀刃。

武力总是很有效。

男孩们又犹豫了一小会儿，最终还是出去了。

“嗯——嗯！”父亲点点头说。

男孩们走进了一个刚才我没注意到的洞口。这洞口的一部分用植物编成的绿帘子作为掩护。乔说的几亿米深的洞穴难不成就是这个？

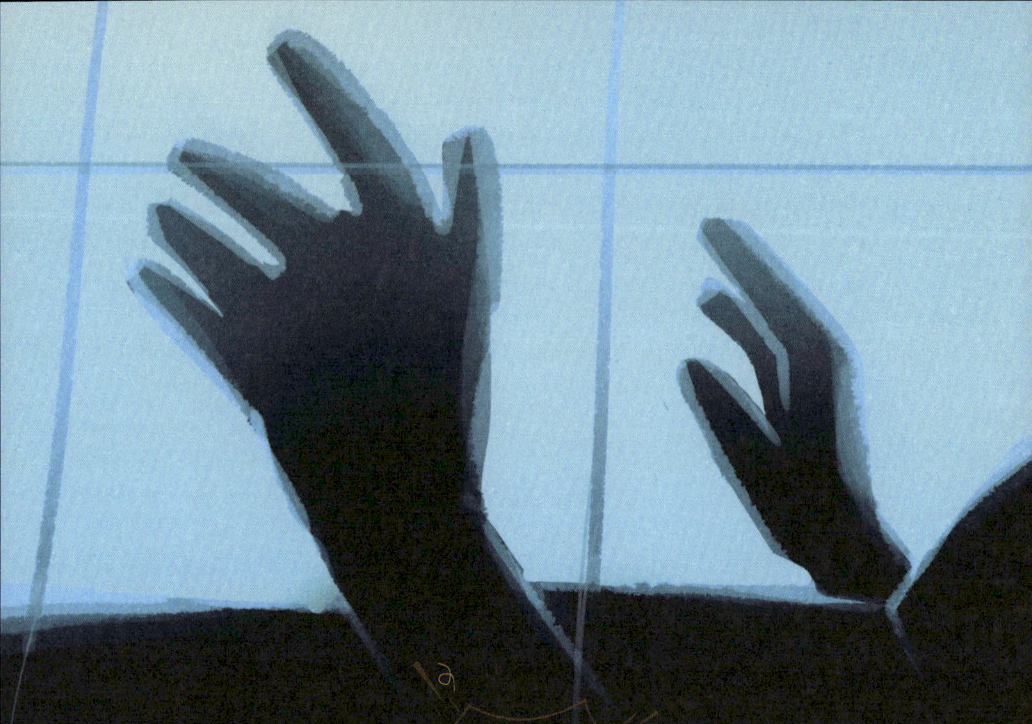

第三十章

帐篷里只剩下我们两个人，安静得让人心慌。

“好了，你现在想杀了我吗？”父亲的声音含混不清。

父亲咽口水的时候，小刀在我手里抖了一下。我把小刀稍稍抬起来一些，让父亲能和我说话。我们之间的交流并不多。

“你简直比我还疯狂，”父亲说，“你妈妈原来就叫我疯子。”

“她说得没错。”

我手里的刀又抖了一下。

“你下不了手。”父亲的声音像是他已经感冒了很久似的。

我意识到现在要杀了父亲其实很容易。

当然。

我可以做到。

就现在。

只要把刀稍稍按下去一点儿……

第三十一章

“最好别，他现在那么虚弱，”我身后传来一个声音，“而且我也不想要一个和父亲一样的妹妹。”奥利维亚说道，“你最近固执得像个棒槌。”

说罢，她一巴掌扇在我的脸上。眼泪一下涌上来，我什么都看不见了。

唉，关键时刻坏事！

父亲一吹口哨，三四个男孩子就冲了上来。他们齐心协力把父亲扶起来，扶着他走出去了。我根本没力气阻挡他们。

我深吸一口气，嘴里全是血腥的味道。我实在太累了。我努力站起来，还是忍不住浑身发抖，想吐。

“让他走吧，”奥利维亚说，“你难不成还真想杀了他？他是你父亲呀。”

“你到底想怎样？你若真的杀了他，以后一辈子都要被这件事折磨。我阻止了你是你的幸运。无论你多恨他都改变不了他是你父亲这个事实。另外，上次嘶嘶兽来村里是因为丽萨把树熊肉藏在了地窖里。她故意想把嘶嘶兽引到我们营地里来，制造更多的混乱，以便日后为瓦利为党人争取武器。我之前就猜到丽萨可能是想要枪，因为斯温特莱纳和我说过，她在另一个部落也用类似的手段制造危机，但我不知道她具体是怎么做的。她希望藏在混乱的阴影下把自己发展成新的头领。她不想仅仅做一个小人物。”

奥利维亚说的是不是实话？我的嘴巴很干，也不知道该说些什么。即便情况如她所说，奥利维亚也不应该没收大家的枪啊。我想问她缘由，但最终还是决定闭嘴。我想她大概不太自信，如果我问得太多，恐怕她又什么都不告诉我了。但有一件事肯定是真的：丽萨就像蛇一样狡猾。

奥利维亚心平气和地走到我身边。

“你真的想杀了父亲？”她又问道。

我没回答。我自己也不知道该怎么回答她。

第三十二章

奥利维亚轻轻地拿走了我手上的小刀。

我的脸颊被她打得又红又肿。不知为什么，我似乎没有气到非要把这巴掌还回去不可，说不定这和我的神经系统刚刚被电击过有关。我想，之前我也曾把奥利维亚打得鼻子出血，所以现在就算一比一，打成平手了吧。

“你现在就是一座孤岛，玛丽，和我们所处的这座孤岛一样。这座岛上满是阴暗的秘密，火热的岩浆就在我们脚下，异常活跃，随时都可能喷涌而出……”

我从没见过奥利维亚如此紧张焦虑。我看得出来，她在努力掩饰自己的情绪。此前的奥利维亚从不表露任何情绪，就像机器人一样，但现在的她甚至激动得浑身颤抖。

“我知道这听起来有点儿像胡说八道，但我喜欢火山。”我说。

真是愚蠢。我要故作坚强，却以失败告终。我想，我恐怕已经故作坚强太久了。

“可是父亲，”我说，“他有核武器，而且他那么疯狂，说不定真的会使用核武器。真到那个时候，如果发生大爆炸，开普勒 62e 星球就彻底毁了，我们都得死！”

“说不定没有那么严重。”奥利维亚说。

“他肯定想使用核武器！你为什么不阻止他？”

“我当然要阻止他，但我得先阻止你。我觉得你会成为一个很好的领袖，我们也需要一个领袖。但前提是你不能杀人。如果你杀人，所有人就会觉得他们也可以杀人，这不过是早晚的事罢了。想要杀人的话就总能找到理由。”

奥利维亚深吸了一口气。她第一次看起来不像个机器人，而是一个精疲力竭却活生生的、有血有肉的人。

“如果你杀了人，人类之前几千年的历史就会重演：杀戮会引发更多的杀戮。或许你可以从现在开始有所改变，让瓦利为这个姓氏不再和核武器、死亡联系在一起；或许你可以成为一个不仅有勇气，还有智慧的领袖。”

奥利维亚是不是想借表扬我来欺骗我？我从来没有真正信任过她，她也从来没有把时间浪费在表扬我上。当年用了好长时间，我才相信她真的是我姐姐。

“我对父亲动手是自卫行为。”我说。

奥利维亚叹了口气。

“动手？你是指杀了他，还是……？”

“我首先必须找到他。只要他还活着，还在外逍遥，危险就一直存在。”

“你心里住着一个暴君，”奥利维亚说，“但也住着一个小天使。你多听听天使的话。”

“才不要！”我说，“我得先找到父亲，把核武器找回来。”

第三十三章

奥利维亚递给我一瓶 Go-go-go 饮料。

“那群黄头发和你是一伙的？”

“不是。”

“那父亲和你是一伙的？”

“不是。但我猜到他在这里。就和你一样，我也想来看看，看他到底有多危险。那些核武器他用不了，”奥利维亚说，“即便他想用也没法用。摧毁一个星球也没有那么容易，除了核武器，还得有发射台、埋在地下的筒仓，还要有飞机和其他很多高科技的东西。你肯定也看到了，发射台还在宇宙飞船里放着。父亲也没有真正能用的核武器。二号和四号核弹头的关键部件已被我拆除了，现在它们不会造成任何危险。”

我想问奥利维亚是不是她拆掉了所有手枪扳机里的弹簧。但不知为什么，我又不是很想立刻知道答案。

“但他还有些别的武器。”奥利维亚说。

“什么武器？”

“无人机。不仅如此，我几乎完全肯定父亲还有一些微型炸弹。无人机和微型炸弹如果组合起来，简直就是从空中播种死亡。”

“微型炸弹？你别总是神秘兮兮的，到底是什么炸弹？”

“病毒、细菌、人工合成的毒药这一类的东西。”奥利维亚说。

“你是说，他有生化武器”我的声音不由自主地压低了，“比如鼠疫菌？”

我背上的汗毛都竖起来了。父亲一直认为生化武器比手榴弹、炸弹一类的武器更干脆利索，更有效率。

“我不确定生化武器的事，但我发现飞船的实验室里有六个包裹被偷走了。KTA 有全世界最先进也最可怕的实验室。正是出于这个原因，我不想让你进入飞船。”

“父亲现在在哪儿？”

“这里有一个巨大无比的洞穴群。谁都不知道里面到底有多大，但真的……实在是太大了。”

“几亿米那么深？”我问道。

奥利维亚笑了。

“对，父亲就藏在洞里。这洞穴可能延伸了几千千米，有纵横交织的地下走廊和小洞穴。但我现在要回去了。找父亲是你的工作，守护他的克隆男孩们也交给你来对付，其实他们只有四个。另外，那些嘶嘶兽，你也知道，它们没有脑子，所以不会让人头疼。”

我们四目相对，向对方露出一个长久的微笑。这是很久以来我第一次对她微笑。

我同父异母的姐姐。

我们再没有别的亲人了。

我的姐姐，我的家人。藏在洞穴里的父亲认为自己是神。我才不要和他做家人。

“无论如何，我得找到他。”我说，“我不想让你和我一起去，你还要去领导其他人。”

“我能不能抱抱你？”奥利维亚的眼中充满了泪水。

我没有回答。她走上来，将双臂环绕在我身上，把我抱得紧紧的。

我站在原地一动不动，说不定我也变成机器人了。

最终，奥利维亚松开了我。

“我其实看见了，你把那个擦掉之前。”她说。

“什么？”

“那个你写在沙滩上的‘爱（Rakkaus）’字。不要杀人。如果你杀了人，你就同时把自己心里很美丽的东西也杀死了。”

我盯着她，忍住不露出任何表情。但我的眼中却涌出了一两滴泪水。

“去吧，”奥利维亚说，“走到黑暗当中去，找到他，阻止他，但别杀他。自己也别死了。我知道我其实根本无力阻止你。所以去吧，记得回来。愿低语者保佑你。”

“谢谢。”我的声音那么细微，我甚至不知道奥利维亚听到了没有。

然后我就走了，没有回头。

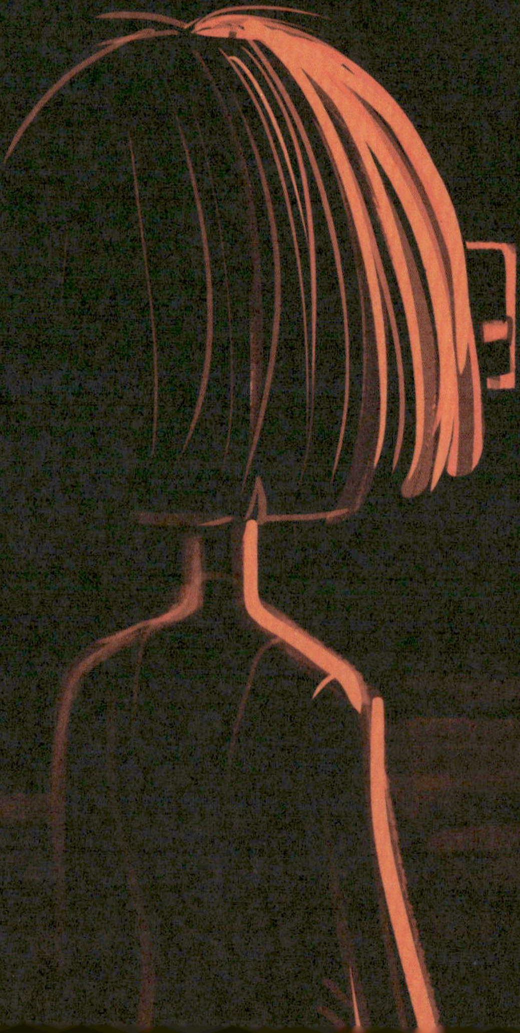

开普勒

62号